行脚《あんぎゃ》

藤本嘉門

東京四季出版

第50番繁多寺にて　著者
撮影：沢田剛（松山市在住）

馬頭観世音菩薩像　自刻

――嘉門さんのこと――

句会終了後、嘉門さんとは時々駅までご一緒する。ある日、「来年は妻の十七回忌になり、私も八十五歳になるので、この節目を記念して句集を作りたいと思っている」と言われた。嘉門さんが俳句同人誌「あした」に発表されている作品はほとんどが釈教句なので、言葉もむずかしい。改めて勉強してみようという心構えで原稿を拝見した。

嘉門さんは平成八年の秋、宇咲冬男主宰「あした」に入門、「俳句四季」の「四季吟詠」欄では何度も特選をとられ、本年三月号の「句のある風景」にも登場されている。

鎌倉や一会の趺坐を竹の春
荒星や研ぎ澄まされし胆の底

嘉門さんの俳句の大半の場は四国遍路である。最愛の奥様を亡くされ、一周忌を修した後、供養のために戒名を背負いお遍路に出られてから、何と第八十八番の大窪寺まで五回もの結願を果たされている。

春深し金剛杖は大地突き
空と海室戸への道灼きつける
煩悩も業も流すや汗一斗
冬の濤龍の如くに岩を嚙む
冬夕焼十万億土という涯を

お大師さまを慕い、身をゆだね、一切空の心で四国を巡ることは、ご自分への大いなる癒しのときと拝察する。

嘉門さんはまた、すぐれた技の持ち主である。仏像彫刻は、その仕上がりの美しさに息をのむ。またお若い時は絵画を学ばれ、東京都美術館での展覧会へは毎年出品、入選の実績をもたれている。

春嵐ムンクの叫び観て戻る
逝く春や妻へ供養の仏彫る
冬夕焼ターナーの色恍惚と

お子様たちも独立され、これからというときに奥様を亡くされた嘉門さんだが、静かな充実を詠まれていて、心なごむ思いである。

時鳥声置いてゆく独鈷庵
足るを知る独りの生活栗を剝く
年惜しむ見果てぬ夢を追い続け

この秋にはまたお遍路に出られるようだ。同行二人ならぬ同行三人の旅の安からんことを、こころよりお祈り申し上げます。

平成二十六年九月

俳句同人誌「あした」編集人
白根順子

目次

題字・書（章扉裏）　吉田美佐子

句集
行脚

平成九年－十一年

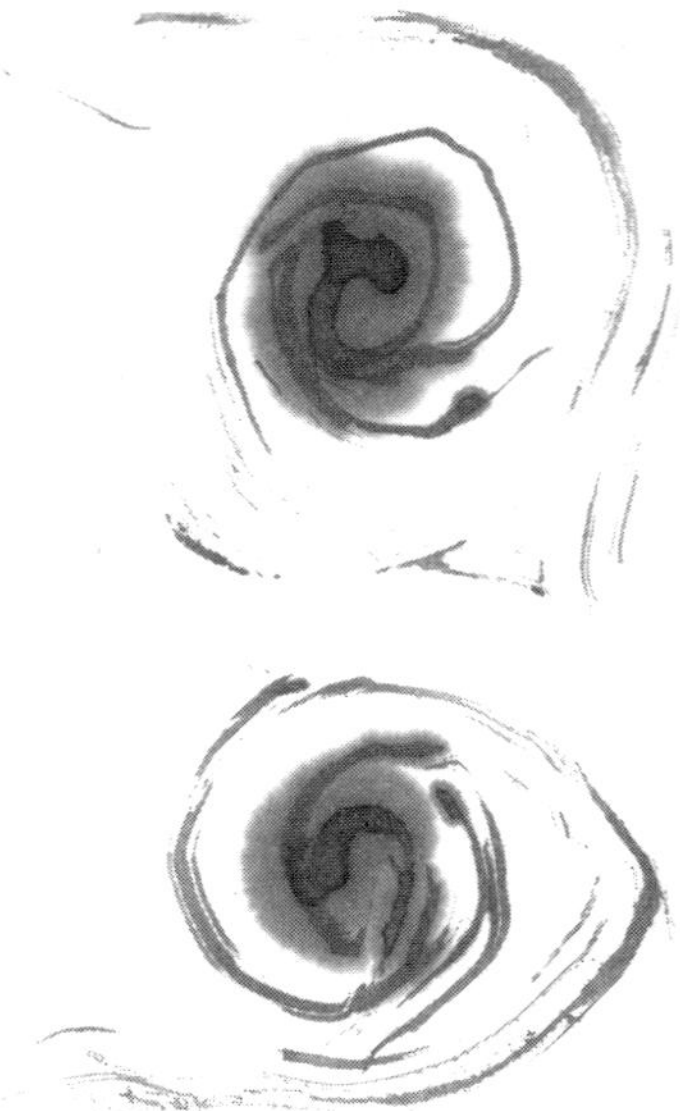

縄文文字「アワ」：天地《アメツチ》の意

平成九年

四国八十八ヶ所第一番

徒遍路香煙絶えぬ霊山寺

しゃりしゃりと錫杖の音や春景色

早蕨の空へ開けと大師道

蓮は芽を貫く如く田面かな

山頭火巡錫の路由布の春

東山疏水せせらぐ浅き春

鎌倉光則寺

光則寺佇めば来る梅の風

春めくや筑波の嶺の睦まじく

さみだれる虚空蔵在わす峯の寺

草いきれひと日歩きし杖洗う

緑蔭や上中下下の九品仏

山百合の風に頷き語らいぬ

如意輪の開扉ひと日の青葉風

大地より命の息吹き蟬の穴

火の躍る子等の提灯地蔵盆

棉の実やマザーテレサの逝きにけり

白萩のこぼれる花を思案せり

電車待つ娘の手にヘッセ冬の駅

木枯しや門付僧の百字の偈

無住寺の冬守る老樹意気凜と

梅一輪ほつほつ妻の身を癒し

平成十年

草木の憂さ晴らせるや春一番

現し身を余さず生きん雪の果

花嵐妻は六十路を病みとおす

草引くも身裡の草の引けざりし

人の世を噂せるらし蟻と蟻

妻病みぬ早苗田青くなりくるを

僧の説く性善説や薔薇の紅

石穿つ雨垂れの音五月闇

長梅雨を闇一隅の閻魔かな

辿り行く旅の記憶の合歓の花

鈴振りて走る回廊今朝の秋

娑婆離れ真貌となるや秋遍路

露の世の露の道踏む沙門かな

幾坂を登れば岩屋寺岩の秋

一草庵木犀の風入れにけり

貫之の歌碑に佇む秋遍路

釣瓶落し行者は一路西へ向き

草虱足に功徳を運びけり

冬の蝶風に命を預けとぶ

童話めく渚を妻の冬帽子

寒風に知られておりぬ身の隙間

冬安居瑠璃のお厨子に観世音

寒き日の心に百済観世音

癒えざるも冬菜摘みおり妻の指

平成十一年

紅椿落して風の転びけり

薫風や五臓六腑の甦り

紫陽花に紫紺の精の宿りおり

芍薬を咲かせ生き生き休耕田

空蟬やしみじみ風を身にまとい

梅雨明けや天に声あり地にもまた

引き返すことも大事や蟻の列

秋風の窓鳴らしおり妻臥すに

愚痴ばかり云うて鳴きおり秋の蟬

点滴のとき刻みおり残る虫

妻逝きぬ野菊一輪摘みて添え

光陰を胸に温め露の道

生まれるも病めるも独り冬椿

お百度を踏む一途なる余寒かな

転生を繰り返してや春の雪

平成十二年｜十六年

縄文文字「イ」：カゼ（風の源）の意

平成十二年

妻逝くに椿は赤を吐くばかり

四国八十八ヶ所第八十四番屋島寺

春うらら夫婦狸のほとふぐり

風になる妻を背負いて徒遍路

身に触るも他生の縁や遍路みち

錫杖の音を大地に瀬戸の春

仙人の鈴かも知れぬ桐の花

高野山

緑蔭や父母の句碑あり懐かしき

紫陽花の終りて寺の平常心

送り火や亡妻の笑顔を遠くにす

秋惜しむ湖畔を立木観世音

一寝入りまたひと寝入り冬の月

羅漢寺の阿吽の仁王雪舞えり

平成十三年

雲に追う妻の俤冬夕焼

富貴寺

弥陀在わす富貴の山里寒の底

しずり雪胸に亡き妻住まわせて

春寒し愚鈍の衣脱ぎきれず

啓蟄や独歩の詩碑は大盤石

柿若葉凡愚の目玉醒しけり

五月雨や虚空蔵堂の軒深し

ほととぎす木蔭に無縁仏たち

画かれし龍の飛昇す梅雨の天

山百合のぶっきらぼうを主張せり

盂蘭盆会妻との日々を手繰り寄せ

連歌めくつくづく法師酒折宮

富士吉田市

火祭りや富士はマグマを赫く秘め

秋思かな十萬億土という涯へ

妻の忌の妻に呼ばれぬ野紺菊

秋夜更く昨日と同じ椀を拭き

法隆寺

柿熟し北面に座す羅漢たち

室生寺

霧しずく女人高野の国宝仏

霧島や時雨れるままに旅一人

鎌倉

古都めぐる湖石の庭や冬牡丹

室戸路や冬の遍路は一本道

九十九里浜

一面に冬日を智恵子抄碑かな

北九州市若松区

侘助や葦平旧居河伯洞

烈しさを欲しと思えり猫の恋

平成十四年

黄沙降る雲は行方を躊躇わず
桜降る君が墓標の真上から
早蕨の拳に野心などあらず

日迎えや百歩あるけば摩耶の寺

こぼれ萩想いを妻へ振り返る

たんぽ鍋囲みて自我を隠せざり

寒濤や万劫打てり御蔵洞

注：万劫は一万劫の略、永遠にわたる時間のこと

足摺岬へ自力他力の冬遍路

足摺岬

冬の濤龍の如くに岩を嚙む

平成十五年

春光や鯱は虚空へ威を放ち

芽柳や旅を誘う芭蕉塚

仏母寺や墓標の妻へ夕桜

山滴る岩屋の寺に経を誦す

郭公の啼く声聞けば妻かとも

膝の蚊も一会の功徳大接心

空と海室戸への道灼きつける

煩悩も業も流すや汗一斗

草いきれ金剛杖の鈴頻り

雲の上に乗りて見下ろす残暑かな

露草や人の哀れの藍の色

関門の黄昏迫る師走かな

胸に鳴る余韻止めて除夜の鐘
冬ぼたん三界火宅在りしこと
しょっつる鍋眼の有る如く箸の先

鎌倉

唐くにの貴婦人めくや冬牡丹

水瓶を御手に観音春隣

青春の頁開くや栗の花

万緑やロダンの像の深き思惟

山滴るひと日は無罣礙大接心

夕顔や刻が無口になりにける

四苦の湖浄土と開く蓮の花

盂蘭盆会弥陀のくにから客あまた

こぼれ萩想いを妻へ振り返る

振り仰ぐ紅葉曼陀羅大窪寺

四国第八十八番大窪寺

荒磯や陣痛始む初冬濤

菊枯れる終の栖の庵独り

引き籠りから飛び出せよ竜の玉

神苑の華燭の列の四温かな

平成十六年

包帯を巻くナースの手春めきぬ

花爛漫風に終わりを告げられる

観音に伏してざんげの蛙かな

老鶯や山に名残りの声の艶

納経の功徳を胸に四月尽

柿若葉映えて山容改むる

人の子の鏡となれず五月闇

坐禅堂寂とありけり夏霞

人数多救いきれざる夏閻魔

つくつくし語り尽せぬ八十路かな

夕蟬やひと日を飽かず仏彫る

朝蟬の風に命を膨らます

処暑の夜や胸に秘めいる物持たず

送り盆妻は後ろを振り向かず

独りとは空しかりけり秋刀魚焼く

袋田や名だたる滝の岩の秋

秋愁やソプラノを聴くCDに

七日過ぐ遊戯三昧とはなれず

寒月光六腑の隙を貫けり

凍て蝶や終焉のある昼の星

薬膳を啜る一会の冬座敷

脳みその凝血真赤冬夕日

外つ国へ文の一筆一葉忌

平成十七年—十八年

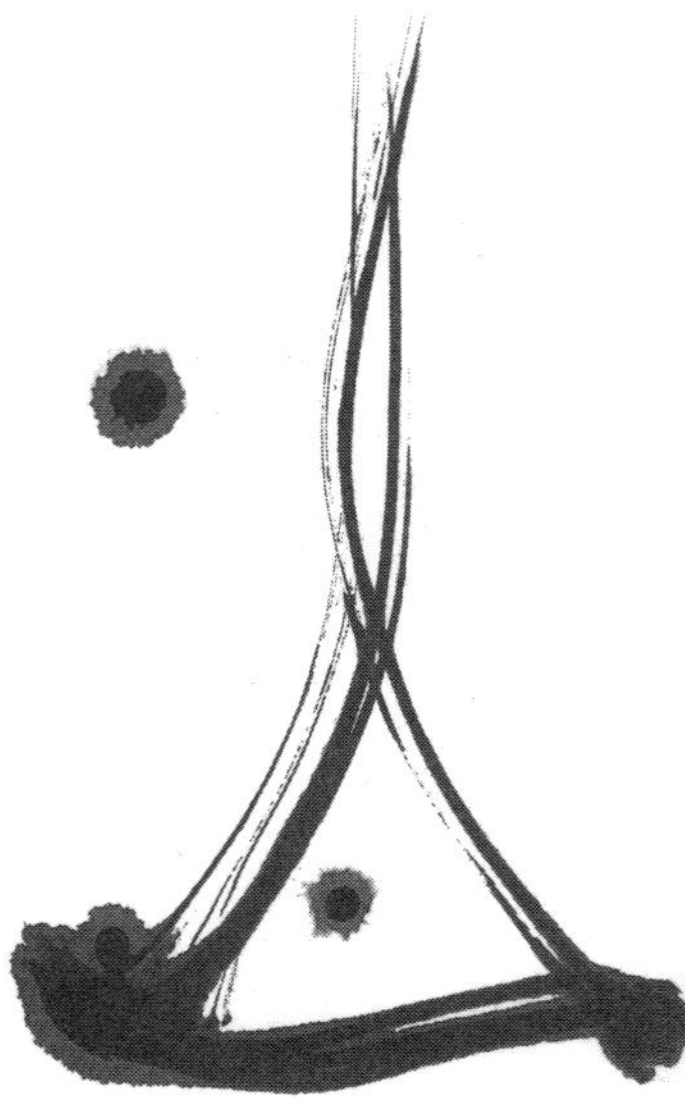

縄文文字「ウ」：ホ（火の源）の意

平成十七年

落ち椿輪廻転生音も無し

涅槃図を拝みて暫し動けざる

杖突けば室戸路遠く夏遍路

雲の峰竜馬の像が動き出す

長崎天主堂

天主堂遺壁は夏の影落とし

広島

忘れまじ原爆の傷入道雲

立秋や心技を尽し仏彫る

下関

芳一忌琵琶の音寂し平家塚

東京

鷺草の浄土の世界九品仏

故郷は此処ぞと決める竹の春

金沢兼六園

雪吊りや松は力を蓄えし

半畳に二念は持たじ寒牡丹

身のまわり埒も明かずに年暮れる

生きざまを刻みて己が師走尽

下萌や記憶の底にある力

平成十八年

土筆ん坊娑婆に出づれば娑婆の風

追供養妻へ供えるさくら餅

花冷えや心に熱く滾るもの

仏母寺に人の賑わい花御堂

遅き春女人高野の釈迦如来

伊予路行く雲を呼びいる桐の花

五月雨やポンチョ尖りけり

さみだれにひと時宿る四脚門

加持水にわが身を癒す楠若葉

青嵐白装束の身を曝す

禅堂に黴の匂いのしていたり

老鶯の已に鹿野の哲学者

夏遍路普陀落浄土へ杖たどる

鞭打ちて己励ます夏遍路

背に負うは業の重さか玉の汗

御仏に下品《げぼん》救わる夏遍路

今生きていること誇れ捩花

夏館原田泰治の世界観

夏霧の万象包み霧ヶ峰

秋立つや立木不動の揺がざり

送り火や煙に昇る妻の魂

妻を恋う想いを月に託しけり

コスモスや宇宙の木霊聞こえ来し

足るを知る独りの生活栗を剥く

僧の衣に縋りて遠く草虱

宿業を背負い土佐路の冬遍路

北九州市八幡東区金剛寺

冬の陽を捉えて並ぶ六地蔵

鎌倉

菰内に相添う二つ冬牡丹

深耶馬や一目八景冬紅葉

岩に坐す五百羅漢の日向ぼこ

洞門に鑿跡止め冬の刻

初滝や一切我今皆懺悔

雪しまく九重連山人寄せず

雪しぐれ秘境七滝身を曝す

平成十九年―二十年

縄文文字「エ」：ミヅ（水の源）の意

平成十九年

茨の芽業のしがらみ解けぬまま

銚子

春光や夢二の歌碑に潮香る

春一番終の栖ぞ全道居士

彼岸会や先祖廻向の百萬遍

秩父　四句

朝桜古刹の大樹気を吐けり

秩父路や観音巡り花巡り

機を織る音は昔の花見笠

口を開け武甲の山の笑いけり

大師道みかんの花の匂い満ち

ほととぎす法話の中の地獄絵図

お手植えの大師の大樹風薫る

一日が三昧に過ぐ夕焼けよ

油照り不動は忿怒の石となり

地蔵盆提灯闇を彩りぬ

托鉢は風の向くまま法師蟬

庭を掃く跣足の僧の地を摑み

酔芙蓉万葉びとを彷彿と

牛の群れ高牧の秋深みくる

仏母寺

寒夕焼大塔天へ立ち尽くす

柚子風呂に浸る夕べや無言行

菰被り夢の膨らむ寒牡丹

寒行の雲水に身を正しけり

四国八十八ヶ所第三十七番岩本寺

晩秋や色濃く映ゆる天井絵

天高し相輪天を突き貫けり

四苦八苦逃れざりしよ破れ蓮

結願の寺を拝せば銀杏降る

師は正に哲学者なり枯木影

平成二十年

鎌倉

春浅し一会の坐禅竹の寺

春の波七里が浜にある歴史

ご詠歌のおんな遍路の声の美し

ベトナムの行者遍路の荷の大き

土佐みずき波切り不動へ納経す

験される鶏田峠の徒遍路

田植機の伊予の棚田を唸りけり

香煙や石手寺衛門の楠若葉

卯の花や笈摺の背に妻の声

夏護摩や煩悩熾烈身の滾る

黄七条護摩焚く僧の火と汗と

北九州市小倉北区

緑蔭や久女の句碑の艶めきぬ

心頭滅却なれど然れど大暑かな

月山や六根清浄夏の雪

蜩や老杉二の坂三の坂

尾瀬

木道に色の限りをななかまど
秋しぐれ末法の世に立つ仏
荒星や研ぎ澄まされし胆の底

笈摺や冬の怒濤の室戸行く

肉眼に展がる宙や冬銀河

京都

冬しぐれ古都の名刹忘れ傘

平成二十一年―二十五年

縄文文字「オ」：ハニ（土の源）の意

平成二十一年

鬼やらい己の鬼は居座らせ

仏彫る一刀三礼冴え返る

お四国や大師を慕い徒遍路

尾道

海峡に芙美子のドラマ春の潮

春嵐ムンクの叫び観て戻る

杖を突き遍路は土佐のいごっそう

百選の棚田田毎に青みけり

五月雨や求聞持修す御蔵洞

浮世絵の軸にいる女《ひと》薄暑かな

月山の修験者雪渓踏み行けり

修験者の白衣を濡らす夏しぐれ

経唱え軒下三尺僧の汗

鉈彫りの観音像や萩の寺

盂蘭盆会弥陀の名号累ねけり

焼山寺山を分け入る秋遍路

葦平の港の街の船と月
北九州市若松区

秋夕焼高炉は胎を灼熱に

蔵書三万清張館に秋惜しむ
北九州市小倉北区

秋冷や禅林寂と只管打坐

神在す冬の羽黒は人拒む

警策の音の伝わる冬の堂

生前を裁く閻魔の冬構

仏彫る口に称名覚恵忌

竹寺や蘇民将来竹の冬

平成二十二年

法隆寺　二句

斑鳩の塔の相輪春の雲

馬頭彫る鑿を打つ手の冴返り

夢殿の露盤燦く五月の陽

青時雨鉄鉢一つ墨衣

仏母寺の庫裡の語りべ夏椿

潮騒の室戸を沙門の秋遍路

尾道

鰯雲湧いて芙美子の坂の街

良寛像笠なく立つや秋しぐれ

冬夕焼ターナーの色恍惚と

馬頭彫る三面八臂の貌冱る

旧門司三井倶楽部　林芙美子記念室

主亡き館に一つ円火鉢

冬夕焼十万億土という涯を

四国路を巡る幾とせ冬遍路

限り有る命の行方注連作る

万象の移ろい行くや除夜の鐘

初景色奥穂は神を宿しけり

『糞尿譚』に昭和を偲び葦平忌

花嵐無限の空へ散り急ぐ

平成二十三年

大接心啼いて久女のほととぎす

時鳥声置いてゆく独鈷庵

地震の地へ届けよ経の夏遍路

笠と杖四大を晒す西日かな

夏安居や法界に入る結跏趺坐

鎌倉や一会の趺坐を竹の春

禅林や早暁坐禅草の露

初冬や鉄鉢に入る布施の音

凍滝や煩悩具足の身を打たれ

独坐して四諦を思惟す覚恵忌

過ぎし日の石炭港や葦平忌

徒遍路出逢いし人は教師なり

平成二十四年

木の芽吹く悉有仏性一会の坐

春深し金剛杖は大地突き

逝く春や妻へ供養の仏彫る

江の雹に揺れあじさいの色深む

夏安居や一食の粥地の恵み

夏座敷高野の香を薫き染める

彷徨いて「ダリ」の絵に入る夏の夢

秋の野に忘れられたる無縁仏

秋鯖を馳走になりぬ関の宿

セザンヌの造形美観る冬館

注連飾るおのれ自身の拠りどころ

発心す沙門遍路の五十日

平成二十五年

残る日々生かされて生く蜆汁

奥嵯峨や野仏の笑む竹の秋

禅堂の天に龍舞う五月かな

斑鳩や天女の遊ぶ五月晴

夏椿密かに寺の一隅に

立秋や馬頭観音開眼す

宿業を背負うて歩く秋遍路

足摺りつつ歩く沙門の野分かな

木の実落つ六地蔵尊たけくらべ

露草や一草庵主永遠の旅

秋遍路五体励ます腰の鈴

草木に仏性有りや枯蓮

しぐれるや妙絹さまの鎌大師

清流の四万十川渡る冬遍路

冬夕日臼杵石仏磨崖仏

千葉市若葉区

木枯や風鐸の鳴る誓照寺

六道の輪廻の絵図や冬比叡

裁かれる我有り冬の閻魔かな

大節季険し八十路の上り坂
年惜しむ見果てぬ夢を追い続け
門松や四大の命有る不思議

宇咲冬男師

数の子を噛み在りし日の師を想う

生れたるこの世の運命冬の蝶

海荒れや急ぐ室戸を空海忌

頬笑を湛える思惟像春ざるる

わが庵をいざ旅立たん柳の芽

春耕や天に到りぬ千枚田

念珠持ち巡るあじさい寺の磴
滝水に打たれ身心あらたまる
岩を攀じ歩き遍路の結願す

行脚　畢

あとがきⅠ

私が妻に俳句を作ることを勧めていた頃、それは平成八年秋のことである。鹿野山禅青少年研修所で、宇咲冬男主宰・俳句結社「あした」の同人の方々による吟行会があったとき、私は妻を伴ってこの吟行会に加えていただいたのである。

しかし、その妻は翌年の夏から体調を毀し、平成十年一月十九日、君津中央病院で診察を受けたところ、大腸癌の末期であると診断され、すぐ入院して手術を受けたが已に手遅れで、余命半年だと医師から告げられた。その後入退院を繰返し治療したが、その甲斐もなく到頭この世を去った。已に秋も深まって、庭には野菊が妻の死を悼むかのように、寂しく咲いていた。

六十七歳という齢では未だ早過ぎる今生の別れであった。

平成十一年十月三十日朝のことである。

生じたるものは必ず滅する運命である。私は次の年の春から、妻の供養のため、また改めて四国八十八ヶ所の札所をめぐる遍路に出た。妻の戒名と写真をリュックの内ポケットに入れ、四国霊場第一番札所の霊山寺から、ご本尊様の釈迦如来にお願いし、妻への供養の経を唱えて打ち始めた。

徳島の発心の道場、高知の修行の道場、愛媛の菩提の道場、そして香川は涅槃の道場と順打ちに歩いた。

東日本大地震の起こった平成二十三年三月十一日、あの日私は、高知の第三十三番の雪蹊《せっけい》寺を参拝していた。雪蹊寺の寺の前の民宿で、大津波の状況をテレビで見た。あの悪夢のような光景は、私の脳裡から消えない。あの時避難を呼びかけていた女性の声は、まだ私の耳から離れない。

私は翌日から、この大震災で命を奪われた多くの犠牲者の冥福を祈って歩いた。高知と愛媛の札所をまわり、松山の第五十三番まで歩いた。

その年の秋になって、穏やかな瀬戸内の海を左に眺めながら、菩提の道場、涅槃の道場の各札所を打って歩いた。

最後の大窪寺は、第八十七番の長尾寺を出ると、愈々結願の寺である。高さ七七四メートルの険しい崖の岩山の道を攀じ登って、女体山を越えると、第八十八番の大窪寺が真下に見える。今回、平成二十三年十一月九日午後三時、無事到着した。先ずご本尊様に、五十日間各札所を巡って来たことのお礼を申し上げ、理趣経を唱えた。次に大師堂へまわり、伏し拝んで、この度も第一番札所から第八十八番の大窪寺まで各札所を参り終えたお礼を述べると、お大師様が、大きな声で、よう来たぞ！と仰った。同行二人、お大師様のお導きによって成満したのだ。般若心経を唱えると、無事に達成した感動の涙が地面を濡らしていた。

藤本嘉門

あとがきⅡ

私が俳句を始めた頃、妻はまだ元気でいた。東京上野の東京文化会館の一室で、「あした」主催の句会が月一回、宇咲冬男先師によって開かれていた。私は、ずっと遅れてこの句会に出席するようになった。私は俳句の季寄せも知らず全くの初心者で、俳句の初歩から教えて貰った。

「あした」の目標に示すところの、「心象から象徴へ」は私の句は未だ程遠いものだと思った。句会の中で、私の句はいつも予選以下だった。私には俳句の素質も感性も無いと思った。この句会に回を重ねるうちに、師の句評を聞き、俳句のこころが分ってきた。平成十年度に初めて努力賞を戴いた。宇咲冬男師に感謝した。私の心の中に燻っているものを払って下さった。しかし、その恩師はもういない。弥陀の世界へ旅立たれた。

茲に、慎んで先師のご冥福をお祈りし、感謝の心を捧げたい。

この度､私の拙ない俳句を句集として出版するに当り､俳句同人誌「あした」の編集者、白根順子先生に選句して戴き、また、序文を書いて戴いたことに、心から感謝申し上げたい。

この句集の上梓に当り、東京四季出版の松尾正光社長をはじめ、西井洋子様、弦巻ゆかり様、編集して下さった関係者の方々に厚くお礼を申上げます。

おわりに、この度私の句集『行脚』を発行するに際し書をやっている娘（吉田美佐子）が表紙の題字と各章を飾る縄文文字を書いて協力してくれたことに感謝の心を伝えたい。

平成二十七年三月

藤本嘉門

略年譜

藤本嘉門（ふじもと・かもん）　本名・嘉満（よしみつ）

昭和五年十月二十四日　大分県下毛郡三郷村生れ（現在中津市）
昭和二十四年六月十四日　八幡製鐵（株）に入社
昭和三十九年十一月一日　八幡製鐵（株）君津製鐵所へ転勤
平成二年一月二日　新日本製鐵（株）君津製鐵所を年満退職
平成八年　　　　結社「あした」に入会、主宰宇咲冬男師に師事
平成十年度　　　結社「あした」努力賞受賞
平成十五年　　　『四季吟詠句集』17に参加

平成十七年度　結社「あした」努力賞受賞
平成十九年度　結社「あした」梨芯賞受賞
平成十九年度　結社「あした」同人となる
平成二十一年　「俳句四季」(十一月号)「俳句招待席」に掲載さる
平成二十三年　『現代俳句精鋭選集』11に掲載さる
平成二十五年　「俳句四季」(三月号)「句のある風景」に掲載さる
平成二十六年　「俳句四季」(五月号)「句のある風景」に掲載さる

俳句四季文庫
行《あん》脚《ぎゃ》
2015年4月3日発行
著　者　藤本嘉門
発行人　松尾正光
発行所　株式会社東京四季出版
〒189-0013 東京都東村山市栄町2-22-28
TEL 042-399-2180
FAX 042-399-2181
印刷所　株式会社シナノ
定　価　1000円+税

ISBN978−4−8129−0830−3